Techniques de vol humain
en ciel nocturne

© 2021 Ph. Aubert de Molay/Hispaniola Littératures

Éditeur : BoD-Books on Demand
12-14 rond-point des Champs-Élysées, 75008 Paris
Impression : Books on Demand, Norderstedt, Allemagne

Chargée d'édition HL : Rose Evans

Collection 1 nouvelle

Photographies : Francesca Grima et Adrian Pelletier

(agence Unsplash)

ISBN : 978-2-3222-5032-5
Dépôt légal : Mai 2021

Techniques de vol humain en ciel nocturne

nouvelle

Philippe Aubert de Molay

HISPANIOLA LITTERATURES

Collection 1 nouvelle

Walt Disney a effrayé bien plus de gens que je ne le ferai jamais ! Quand la mère de Bambi explique à son faon le danger qui vient, que les hommes sont entrés dans la forêt, elle résume tout : nous, les hommes, sommes les monstres.

Stephen King

Techniques de vol humain en ciel nocturne

Si je vous dis que Portland, c'est dans le Maine et que le Maine est un petit état de la côte-est des Etats-Unis, vous ne me contredirez pas. Parce-que la plupart des gens ignorent tout du Maine. La géographie n'est pas à la mode. Plus aucune tâche blanche sur les atlas, zéro mystérieuse région à découvrir, nulle ville où parvenir le premier. Le monde s'est rétréci. La géographie c'est de l'histoire ancienne. Certains d'entre vous ont cependant peut-être entendu parler de Portland et du Maine. Normal : la plupart des romans de l'un des plus grands auteurs de tous les temps se déroulent là-bas. Vous avez deviné à qui je pense ? Stephen King naturellement. C'est d'ailleurs lui, ou plutôt ses livres, qui m'ont conduit à débarquer un beau jour à Portland, Maine. Je voulais fréquenter ces fameux bois profonds, ces nuits pâles pleines de sorcières en vol, entendre les rugissements des loups garous dans la désolation d'une usine désaffectée au milieu de rien. Le Maine. Pour voir de mes yeux l'eau bleue électrique du lac Chamberlain et, comme dans les séries télé, toutes ces granges rouges dans la campagne automnale.

J'avais loué une voiture à Boston pour mettre le cap au nord. Une Oldsmobile, rêve américain garanti m'avait promis le vendeur. C'était vrai. J'allais quelque part. Sans savoir où. Mais j'étais là, dans le Maine. C'était comme un rendez-vous avec moi-même. Je regardais avec avidité les maisons aux bardages blancs, les restaurants du bord de route avec les pick-up sur le parking, les stations-services aux piles de pneus usagés dans des containers rouillés, les épaves de Buick, de Lincoln, de Chevrolet stockées dans les arrière-cours bordéliques, les territoires de pêche au homard signalés dans le bleu gris de l'océan par des petits drapeaux orange agités par les mains invisibles des esprits du vent. Je faisais enfin partie de cette histoire. Je savais des choses par cœur, j'avais lu tant de livres, d'articles de presse et de récits de séjours dans la région. Le Homard du Maine est pêché depuis plusieurs siècles mais ce n'est que vers 1840 qu'il a gagné en popularité aux États-Unis. Dès lors, sa réputation n'a jamais cessé de croître. Produit de luxe. Encore aujourd'hui, les pêcheurs américains de homard travaillent comme leurs prédécesseurs, en les capturant à la main dans des casiers. Les techniques et les territoires de pêche se transmettent de père en fils. De nos jours, le Maine est une des pêcheries de homard les plus réputées au monde. Pluie fine sur la route, températures dignes de l'Alaska : l'été indien démarrait mal. Merveilleux. Je ne regardais plus le film, j'étais dedans, fini le spectateur, devenir acteur ☺.

Fiona faisait de l'auto-stop à la sortie de Kittery, sur la route du littoral, juste au moment où l'on quitte le New Hampshire pour rallier le Maine (je précise, pour ceux qui voudraient suivre ce que je raconte sur une carte). Elle m'a dit qu'elle allait à Portland. Portland ? Vous vous rendez-compte ! La ville de mes rêves ! Touriste ? Elle a demandé. Français qui a lu Stephen King, j'ai répondu. Elle a hoché la tête d'un air de connivence. Peut-être pour signifier que je n'étais pas le premier à avoir l'idée de ce voyage. Je me suis dit qu'elle avait dû lire le maître, en tout cas. Et je me suis mis à l'imaginer belle et solitaire, le cœur en miettes, l'âme en lambeaux, vivant comme une recluse dans une grande maison battue par les vents du Maine, à deux pas d'un noir océan triste à mourir. Elle pensait que la vie ne lui apporterait plus rien de bon, qu'elle avait fait le tour de tout ce cirque et voilà que j'entrais dans sa maison et dans son existence sur un cheval blanc. Il n'y a personne de plus romantique qu'un homme. Surtout pas une femme. C'est la pure vérité vraie : ce n'est pas courant de le dire mais la plupart des hommes sont dix fois plus romantiques que les femmes. Affirmation constatée autour de moi. Pour la plupart des femmes, au fond du fond, les hommes sont tous interchangeables. Celui-là, un autre. C'est ainsi. C'est dans leur nature, elles n'en sont pas responsables. Il leur faut un reproducteur, point barre. J'ai bien compris comment ça marche. Les hommes, eux, ont le malheur de s'attacher à une personne précise. Oui je vois les choses de la sorte.

Il faut que je vous dise, c'est plus fort que moi, je m'invente constamment des histoires d'amour. Une fille aperçue au cinéma, une brune dans la voiture d'à-côté au feu rouge, une blonde à laquelle j'achète un paquet de cigarettes pour la dépanner car elle n'a plus de monnaie et en avant, mon imagination fait le reste : on se rencontre et c'est parti pour la vie. C'est une forme d'optimisme, je crois. Ou de dérèglement mental. Normal : la moitié de l'humanité est d'ailleurs complétement psychosée et l'autre totalement aliénée. Mais en débarquant dans le Maine, je n'aurais pas dû oublier que l'optimisme est mon plus gros défaut. Car optimisme = bonne volonté, bonne volonté = enthousiasme, enthousiasme = naïveté, naïveté = catastrophe. Cet engrenage démoniaque n'a pas loupé avec Fiona. La suite le prouverait.

On a roulé sans mot dire, elle plongée dans la contemplation hypnotique de la mer en contrebas des falaises, moi divaguant dans ma tête, songeant que j'aurais su l'embrasser comme seul dans toute la galaxie un français sait le faire. J'aime les stéréotypes. J'essaie d'y coller. On croit être quelqu'un d'unique, une personne qui a ses centres d'intérêts, ses idées, ses opinions politiques, ses projets, ses qualités et ses défauts, ses rêves. On se trompe, on n'est qu'un amas de détritus apportés par les naufrages des autres, par les morts de la famille et nos rêves perdus. Une décharge publique flottant sur la marée des années, laquelle s'approche et se retire en ce long cycle ordinaire de succès (parfois) et de défaites (souvent). Ce qu'on appelle une vie.

Nous sommes une hybridation des gens qu'on connaît, qu'on voudrait connaître, ne pas connaître. On se prend pour une personne dans la moyenne mais en réalité, on est l'un de ces vampires, croque-mitaines ou singe humain luciférien du grand Stephen King. La monstruosité est la norme en fin de compte. Pas difficile. Qu'à se laisser aller. Qu'à desserrer les liens, désapprendre les règles, résister aux inhibitions. Juste besoin d'accepter une fois pour toute que l'on est capable de tout. Le Bien (je l'écris avec un grand B) demande tant d'efforts constants. Et nous récompense si modestement. Le Mal, lui, est accueillant, gratifiant, générateur de résultats immédiats et fait, c'est une évidence, naturellement partie de nous. Pratiquer le Mal (avec son grand M), c'est comme d'entrer dans un bon bain chaud. On aime sa chaleur enveloppante, on ne réfléchit plus et on profite voluptueusement de l'instant. On est à la bonne place, enfin.

J'avais allumé la radio et ça jouait d'inattendues musiques heureuses issues de comédies musicales des années 50. Ambiance *Chantons sous la pluie*. Sympathique, pétillant et indémodable. De quoi sourire intérieurement. *Je chante sous la pluie Je chante simplement sous la pluie Quelle sensation magnifique Je suis heureux de nouveau* (je traduis, on comprend mieux dans la langue de Molière).

Mais, avec l'insistance pittbulesque d'un banquier au téléphone lorsque vous êtes dans le rouge, une petite voix intérieure me chuchotait que toute cette musique joyeuse, c'était du pipeau. Appelez ça de la prescience si vous êtes branchés new âge, de l'intuition si vous avez l'esprit classique ou une rare capacité à se fourrer dans les pires embrouilles si vous êtes lucide. En tout cas, j'étais partagé entre deux sentiments contradictoires. Option A : freiner comme un malade pour éviter que ne se matérialise le pur désastre annoncé en ordonnant à cette fille de se tirer vite fait de ma voiture. Entendre la portière claquer et m'enfuir sur les chapeaux de roue (drôle d'expression, les roues porteraient-elles des chapeaux ?). Option B : Attendre de voir. Ne pas tenir compte de mon intuition. Dangereux mais prometteur : il pourrait sans doute se passer quelque chose dans ma vie. Je l'ignorais à ce moment-là mais j'allais être servi. Au-delà de toute espérance. C'est alors que, pianotant sur sa vieille tablette rafistolée, Fiona a dit comme ça (dans un français québécois – je rappelle qu'on est tout près de la frontière canadienne – un peu hésitant mais très compréhensible quand même) : je suis en colère car l'article *Journée mondiale de l'orgasme* est unilatéralement proposé à la suppression sur ce site fasciste qu'est Wikipedia (cf. Wikipédia:Pages à supprimer). Il est prétendu qu'après avoir pris connaissance des critères généraux d'admissibilité des articles et des critères spécifiques, vous pourrez donner votre avis sur la page de discussion :

Discussion : Journée mondiale de l'orgasme/Suppression. Le meilleur moyen d'obtenir un consensus pour la conservation de l'article est de fournir des sources secondaires fiables et indépendantes. Si vous ne pouvez trouver de telles sources, c'est que l'article n'est probablement pas admissible. N'oubliez pas que les principes fondateurs de Wikipédia ne garantissent <u>aucun droit</u> à avoir un article sur Wikipédia. Ma passagère fulminait : autrement dit, vous pouvez donner votre avis mais on s'en tape. Fachos de modérateurs de mes deux (là, Fiona hurlait presque, serrant sa pauvre tablette jusqu'à presque la déglinguer définitivement). En contrebas des falaises, la mer rugissait dans ses violences d'écume comme pour dire oui c'est vrai ce que tu dis Fiona, ta colère est juste, tout le monde pense comme toi. Elle glapissait : car votre *avis*, les quelques (là je n'ai pas compris le mot) qui verrouillent Wikipédia au lieu de baiser leur copine ou leur copain n'en tiendront pas compte, c'est bâché d'avance, calice de Christ. Cette flicaille inculte et spécialisée en fautes d'orthographe n'en fait qu'à sa tête et moralise à mort le Net. De bons petits conservateurs collabos. Privilégiant la célébrité comme la presse people le fait pour retenir quelqu'un ou un événement. Résultat, aucune liberté pour les internautes. Révolution, je dis ! Créons de toute urgence un Wikipédia alternatif, anarchiste et free. Supprimer *l'article Journée mondiale de l'orgasme*, tu y crois, toi le petit français ?!?

J'ai choisi assez instinctivement l'option B. Attendre pour voir. La Journée mondiale de l'orgasme me tracassait, j'allais militer pour la même cause que Fiona. Attendre, c'est ce que je fais de mieux dans cette vallée de larmes. Toute ma vie, j'ai attendu un job correct, pas fatiguant et grassement payé, une histoire d'amour valable, des amis fidèles qui ne me demandent pas de l'argent toutes les cinq minutes, une piscine (propre) dans mon jardin, un contact rapproché avec des extra-terrestres, un peu plus de courage pour reprendre des études, un dîner en tête à tête avec une starlette porno, une mayonnaise industrielle ressemblant à celle que ma mère faisait à la maison. Peine perdue. Fiona s'est calmée mais ses traits étaient tirés, ses mains rougies par la pression sanguine, ses yeux en fusion. Miracle : elle parlait le québécois, on pouvait se comprendre. Avec son petit air de colérique inventive, elle était méchamment séduisante. C'est bien simple, je lui trouvais une fatale ressemblance avec plusieurs héroïnes de Stephen King. Elle était le satanique mélange de la tordue Annie Wilkes dans *Misery*, de la soumise Dolores Clairbone, de la magistrale Charlie McGee dans *Charlie*, de la délicieusement punitive Carrie White dans le célébrissime *Carrie* ou de la protectrice Wendy Torrance dans *Shining*. Elle figurait le havre de paix et la tempête, le mal de crâne et l'aspirine, le coup de poing et le pansement mentholé avec les points de suture dessous, la pluie et le beau temps. On s'était trouvé c'était évident.

Rencontre-coudoiement-télescopage-illumination.

J'ai su qu'on était deux désormais. Les balles (elle) et le révolver (moi).

Quelqu'un l'a appelé sur son téléphone portable. C'est mon mari, elle a murmuré d'un air las. Le type hurlait. Mon anglais n'est pas parfait mais ça disait qu'il fallait qu'elle revienne, qu'une nouvelle vie débuterait car il travaillait désormais à la conserverie de South Portland. Bientôt contremaître peut-être, à voir dans un an ou deux. Il avait acheté une nouvelle télé grand écran. Et sa mère (à lui) acceptait de revoir Fiona, de passer l'éponge. Le mari a prononcé le mot *Fiona* au moins dix mille fois avant qu'elle ne raccroche. Elle a sorti deux barres chocolatées free gluten aux noix de pécan, les a mangées sans m'en proposer et a dormi dix bonnes minutes. On était tout près de Portland, juste après Scarborough (à voir sur la carte pour ceux que ça intéresse. Selon le Bureau du recensement des États-Unis, la ville a une superficie totale de 182,93 km², dont 123,31 km² de terre et 59,62 km² d'eau. Elle est traversée par les rivières Scarborough, Nonesuch, Libby, Tlou et Spurwink. La ville est située sur le golfe du Maine, lui-même étant une partie de l'océan Atlantique. Le point culminant est Scottow Hill, d'une hauteur de 44 m. En Août 1703, cinq cents Français et Indiens sous le commandement de Michel Leneuf de La Vallières et de Pascal-Fabrice de Saint-Vit ont fait une descente soudaine sur les établissements anglais de la baie de Casco - futurement Portland -, mettant une bonne dérouillée aux britanniques. L'actrice Glenn Close a une villa ou un manoir dans le coin (oui oui c'est Glenn C̲lose et non Glenn G̲lose comme je l'aurais juré. C'est Fiona qui a apporté cette précision capitale). J'ai su que je fonçais dans le mur lorsque la miss a demandé avec une inflexion de voix marquant plus un ordre qu'une question : tu connais le Cap Elisabeth ? J'ai répondu que non bien sûr et elle a déclaré que tout l'esprit du Maine était concentré là et qu'il fallait voir ce paysage marin sans faute. Obligé. Il le fallait. Sinon pas la peine de venir jusqu'en Amérique. Alors l'Oldsmobile a pris la prochaine route à droite, en direction de la mer.

J'avais toujours estimé que la réalité est bien trop réelle. J'aurais préféré qu'elle le soit moins, qu'elle se torde au gré des événements, qu'elle se corrige, se travestisse. Pour éviter que l'être humain ne demeure éternellement prisonniers des situations. Avec Fiona ce qui est appréciable, c'est que soudainement le blanc peut devenir noir, l'impossible devient possible et on voit le mensonge – en tout cas ce que la majorité étiquette comme tel – devenir la pure vérité. C'est ainsi, avec ma muse, que Noël pourrait se vivre à la mi-août. Question de choix. Pourquoi obéir à la norme asservissante ? Je sens que cette femme et moi refusons farouchement et une fois pour toutes d'être soumis au diktat du réel. Maudit réel contrariant et esclavagiste. Ô réel.

Celui-ci est trop souvent confondu avec l'existant. Alors qu'il n'est qu'une collection de circonstances <u>modifiables</u> si l'on veut bien se donner la peine de détourner le cours des choses. En fin de compte, la réalité n'est qu'une convention ponctuelle.

Et, croyez-moi, j'ai tout de suite compris à quel point Fiona n'était pas conventionnelle du tout. Peu après, le Cap Elisabeth et ses vagues de trois mètres de haut déployait ses fastes atlantiques devant mes yeux. Grandiose mais pas autant que le petit décolleté négligemment ouvert de Fiona. Je ne l'ai pas encore dit : à ce moment-là, moteur coupé, auto stoppée sur la falaise à dix centimètres du vide, dans l'odeur du sel et des fougères, un vol de mouettes cernant le véhicule en piaillant, Fiona était d'une rousseur seigneuriale. Une puissante entité se tenait à mes côtés dans une immobilité d'idole barbare. Semblant désemparée, belle comme une irlandaise morte de faim pendant la grande disette, elle était parfaitement spectrale. J'ignore comment le décrire, j'étais subjugué, en présence d'une femme unique, rendue phosphorescente par l'exaspération, l'impatience et sans doute la haine. Elle incarnait brutalement la divine rage guerrière à l'état brut. Mon voyage prenait une heureuse tournure. Plus rien ne serait comme avant, selon l'expression employée couramment dans les films. Le Maine.

Le rêve éveillé.

C'est alors qu'un superbe pick-up Toyota bleu pétrole nous a rejoint (le modèle Tundra Full-Size 4,7 litre V8 excusez-moi du peu. Pour les ignorants, foncez sur internet découvrir ce petit bijou). Fiona a chuchoté : non, pas lui. J'ai alors fait la connaissance du beau-père de Fiona. Pour jouer carte sur table, je dois avouer que dans les heures apocalyptiques qui ont suivies, j'ai été heureux d'avoir lu Stephen King. Un véritable +. Car, en définitive, les pages extravagantes du maître avait été préparatoires à ces vacances américaines. Ce qui allait arriver : j'avais déjà lu ça ou un truc très approchant du coup je pouvais être supérieurement réactif, j'étais formé à l'événement pour ainsi dire (comme un urgentiste tout juste diplômé se rendant sur le site d'un crash d'avion). Donc l'homme s'est garé derrière nous. Le moteur au ralenti, il est sorti avec précipitation. Alors nous aussi. Comme s'il voulait observer la scène, un goéland d'une taille incroyable - on aurait juré un ptérodactyle (toutes les mouettes fuyant vers le large) - s'est mis à tournoyer autour des deux voitures en remplissant l'air frais de ses cris imitant ceux d'un gamin se coinçant salement les doigts dans une porte. En voyant que l'homme s'approchait d'elle, Fiona a jeté un œil angoissé à l'oiseau. J'ai pensé qu'elle espérait peut-être qu'une spectaculaire action magique se produirait subitement, style : elle se serait transformée en mouette et envolée de l'autre côté du vaste océan pour ne plus revenir dans ce vieux nouveau monde.

L'homme beuglait. Il parlait très vite – dans un anglais mâchouillé - et je n'ai pas compris grand-chose. Ce que j'ai capté, c'est qu'il était question d'un certain Steve, le mari à tous les coups. Devant un tel déferlement de violence verbale, le goéland a décrit un dernier petit cercle au- dessus de nous et, dégoûté par le triste spectacle des humains dans leurs œuvres ordinaires, il est remonté vers les altitudes éteintes et poussiéreuses. Steve ! Steve ! Steve ! Toutes les deux secondes, ce mot revenait comme une pulsation dangereuse dans le flot incontrôlable de paroles. Et maintenant le vieil homme tapait du poing sur le capot du Toyota, faisant vibrer la tôle et produisant un rythme étonnant et primitif similaire à celui d'un tambour de chamane. De près, on lisait dans les yeux gris ferreux de notre interlocuteur une détermination démente et une dose quasi létale de méchanceté. Je constatais aussi que j'avais à faire à quelqu'un ayant les moyens, vêtement de prix et tôle du véhicule admirablement laquée, pas un centimètre carré de boue et, à coup sûr, l'utilisation régulière d'un vernis de finition haut de gamme à séchage rapide. Le genre de vernis transparent protecteur ayant un bon pouvoir garnissant, une excellente adhérence et un rendement supérieur. De quoi résister aux rayures, aux chocs et aux projectiles. Un produit pas donné, inaltérable et stable aux intempéries et aux rayons UV. Pas compliqué : la voix et les coups réguliers sur le métal, c'était comme l'incantation nocive d'un immortel et terrible sorcier du Maine.

Un sorcier prêt à frapper. C'était bien simple : j'en avais des frissons et la gorge sèche. Je ne savais vraiment pas quoi faire lorsque Fiona est sortie de son immobilisme. Elle a fait un pas vers lui d'un air décidé. Lui, en a été rudement surpris. Du coup, il a cessé de crier et de tambouriner sur le capot. Elle a dit un seul mot, un simple mot. Le mot le plus magique de tous, celui que l'on doit apprendre à utiliser pour survivre dans ce monde impitoyable. Elle a dit : *non*. Ce fût comme si le vieux bonhomme avait été renversé par une grosse bête invisible. Il a carrément chancelé. Son corps frappé par le *non*.

C'est alors qu'il s'est passé une chose véritablement impensable. Aujourd'hui, bien plus tard, je n'arrive toujours pas y croire. Je ne sais même pas comment vous raconter ça correctement. Et pourtant, ce qui suit est rigoureusement exact. Alors voilà : après qu'elle ait annoncé son *non* définitif, l'ancien a compris que sa belle-fille rebelle ne repartirait pas avec lui vers le dénommé Steve. Pas à discuter. Affaire réglée. Durant quelques secondes d'inespéré silence, la falaise a retrouvé son calme végétal et minéral, ses grands airs de puissant rocher donnant un coup de menton vers le ciel, tandis que les mouettes respectaient cette pause étrange en évitant de se mêler de quoique ce soit. C'était comme un arrêt sur image figeant la roche. Les herbes aplaties par un début de bourrasque glaçante, toutes les petites bestioles du coin, l'océan, la création toute entière n'en menaient pas large.

Le calme avant la tempête si vous préférez. Reprenant ses esprits ou les perdant définitivement, c'est souvent du pareil au même, le beau-père est remonté dans son pick-up de luxe et a embrayé furieusement la marche arrière. Je m'apprêtais à pousser un soupir de soulagement lorsque j'ai compris avec effroi sa manœuvre. Un premier « kllanng ! » belliqueux a résonné, semblable à une sauvage déclaration de guerre. Je me souviens avoir songé aux anglais ayant vu débouler une horde vociférante de français et d'indiens à Scarborough en août 1703, même effet de stupeur. En trois coups de volants, deux marches arrière et quelques accélérations épileptiques pour venir percuter l'arrière de mon Oldsmobile de location, le vieux fou a poussé mon auto en bas de la falaise (j'allais raconter quoi à l'agence de l'aéroport ?). Et je ne saurais pas comment le dire autrement mais le bas de la falaise était sévèrement tout en bas. La chute.

À genoux dans l'herbe embrumée, ébahie et terrifiée, Fiona m'a fait signe d'approcher. Je me suis assis à ses côtés, totalement sonné. Je ne pourrais pas répéter la phrase exacte qu'elle a balbutiée à mes oreilles. Mais ça disait un truc du genre : Maintenant que son père est mort, faut que tu saches que Steve va nous tuer. Sûr, ça ne traînera pas, c'est fait pour ainsi dire. J'ai eu un étourdissement, voyant la grisaille ambiante devenir rouge sang pendant une petite seconde, comme si j'avais carrément photoshopé l'univers.

Trente ou quarante mètres plus bas, les deux carcasses de voitures brûlaient sur un lit de galets. Les vagues d'une plage inaccessible absorbaient déjà, avec toute l'indifférence dont l'océan est capable, d'énigmatiques bouts de plastique éclatés, une portière arrachée, une grotesque housse de siège en vinyle gris brouillard éjectée par le choc. Dans l'habitacle du pick-up, cramponné à son volant pour l'éternité, le vieux – à l'air probablement toujours aussi énervé – était parti pour tranquillement se carboniser, tout surpris d'avoir fait bêtement le grand plongeon. Rien de pire que l'herbe mouillée. On glisse vite fait bien fait. Quel con. Toboggan. Le grand saut.

Là, j'ai eu un blanc. Pas la vision écarlate du monde comme l'instant d'avant mais j'ai ressenti plutôt quelque chose de similaire à l'ordi se bloquant totalement, écran figé, et qu'il faut éteindre et rebooter pour revenir à la normale. Passant sa main sur ma joue avec une douceur déboussolante, Fiona m'a rebranché quasi électriquement sur la réalité.

Une réalité de cauchemar car elle s'est levée et a déclaré : viens ! Les flics ne tarderont pas, toujours un *de quoi je me mêle* dans le coin pour les appeler.

Nous avons pu rallier Portland en auto-stop. Je n'ai rien vu de la ville. Ni les quais, ni le port encombré de voiliers hors de prix, ni le fameux quartier Vieille Angleterre. Uniquement un pauvre motel fatigué.

Et empestant la friture de blanchaille. Une fille, avec un vague petit air de Jessie dans le roman *Jessie* du maître, passait sans entrain une serpillière sur un sol scarifié en plastique, rouge comme un bras de suicidé. La Jessie d'occasion a décroché une clé à la réception. Elle l'a tendue à Fiona en grognant : Eh ? Encore Steve qui fait des siennes ? Merci Jodie, a répondu Fiona en prenant la clé. J'ai failli rectifier en hurlant : <u>Jessie</u> pas <u>Jodie</u>. Trois minutes plus tard, nous étions dans une chambre zéro étoile où ma compagne allumait la télé. C'était un signe du destin : une comédie musicale des années 50 étalait à l'écran sa quête effrénée du bonheur. *Laissons les vilains nuages disparaître Que tous les gens du quartier Viennent s'amuser sous la pluie J'ai le sourire aux lèvres Je chante sous la pluie.* Cinq minutes après, Fiona était sous la douche. Dix minutes de plus et elle en ressortait avec un peignoir de bain qui avait dû éponger des millions de corps. Au moins depuis la présidence de Richard Nixon (20 janvier 1969- 9 août 1974 sais-je par coeur). *J'ai le sourire aux lèvres Je chante sous la pluie Je chante sous la pluie.*

L'histoire de la vraie Jessie, celle de Stephen King, tournait en boucle dans ma tête. Comme les news du jour d'une chaîne d'info, j'entendais le résumé du roman : *Depuis dix-sept ans, Jessie, épouse de l'avocat Gerald Burlingame, doit subir ses jeux sexuels pervers. Mais cette fois, c'en est trop. Enchaînée sur son lit par des menottes qui lui enserrent les poignets, Jessie refuse de se laisser faire et quand son mari tente de la violer, elle lui donne un coup qui l'envoie au tapis. Il ne s'en relèvera pas. Jessie reste à moitié inconsciente. Parfois, elle entend des voix qui lui rappellent des épisodes de sa vie passée, comme pour la punir d'avoir tué son mari. Dans ses souvenirs, elle revoit Ruth, sa copine d'université, puis cette fameuse éclipse de juillet 1963 où son père s'était amusé avec elle à un drôle de jeu. Lorsqu'elle aperçoit face à elle un étrange visiteur à la mallette en peau humaine, il ne semble pas cette fois sortir d'un songe. La panique la gagne. Jessie arrivera-t-elle à se libérer du passé et à sauver sa vie ?*

Jessie-Jodie du motel puant la friture nous a apporté un plateau repas assez miraculeux avec des frites grosses comme le bras, des hamburgers décongelés à point, des cookies au chocolat blanc et un stock de bières canadiennes en boite. Je ne m'étais pas rendu compte à quel point j'avais faim. Tout fût dévoré et bu à la vitesse de la lumière. Sur l'emballage en carton des cookies, il était écrit : *Découvrez la recette cookies faciles au chocolat blanc ; préparez vos délicieux gâteaux en famille ; quelques ingrédients, de la bonne humeur et le tour est joué !* Devant la télé où était diffusé un épisode de la série *Game Of Throne* (de l'antique saison 2 je crois), Fiona s'était endormie assise sur le lit. C'est à cet instant précis que je l'ai estimée rayonner d'une beauté indiscutablement surnaturelle.

Fiona et sa peau blanche piquetée de taches de rousseur, Fiona et son émouvante expression de perpétuelle inquiétude brassée par la colère, Fiona ignorant le pouvoir infini de son anatomie sportive de déesse celtique, Fiona perdue depuis l'enfance et sans petits cailloux pour retrouver son chemin, désormais ma Fiona pour toujours. Mon cœur battait pour cette femme aux orangées paupières closes et j'avais la certitude d'être enfin partie prenante d'un roman de Stephen King, d'avoir réussi à passer la frontière entre son monde et le mien. J'étais si subitement heureux d'être un personnage de fiction. J'aurais donné cher pour garder à tout jamais mes futurs cauchemars, ceux où un maudit vieux hargneux sentait avec terreur ses globes oculaires exploser dans la fournaise de son crâne tandis que ses doigts, véritables magmas de chairs en pleine cuisson, faisaient bloc avec le plastique incandescent du volant de son pick-up bleu pétrole de l'enfer. Plus besoin de vernis transparent protecteur ! Diabolique ! Belle scène ! Je ferais tout ce qui était en mon pouvoir pour ne jamais oublier l'odeur chlorophylée de l'herbe mouillée et des fougères de la falaise, accompagnée du formidable effluve ozoné, iodé d'embruns, de ce lieu désormais sacré. Temple en plein air voué au culte de la souveraine et inattendue déesse Fiona. Que ne me quitte jamais la note sensuelle et entêtante du corps en combustion dans sa fumée moelleuse, poudrée de cendres et au bon goût de goudron, étonnante fricassée olfactive de cire et de miel, d'encens, de gas-oil, de verre fondu et de papier brûlé (provenant sûrement des riches textiles du cadavre, j'ai pensé). Que le cliquetis cailouteux des galets éclatants sous la chaleur, dans l'âpre et animale exhalaison de la carcasse se carbonisant plus bas - le feu purificateur boucanant les viandes et torréfiant le tableau de bord en moulant son polypropylène élastomère dans la cage thoracique, belle comme un sapin de Noël, de l'autre tête de nœud - hante mes nuits pour l'éternité des éternités. En un mot comme en cent, que cet holocauste plaise aux révérés dieux sorciers du Maine !

Plus tard, un magazine à sensation confesserait, dans une charmante envolée méphistophélique, que - dès l'incendie éteint - des dizaines de crabes avaient surgis du sable tiède pour ronger les membres noircis du supplicié. À la recherche de nourriture bien cuite, leurs pinces avaient fouillé la tête du mort par tous ses orifices naturels. Pour une fois, un homme subissait le destin classiquement réservé au crabe lui-même. Cette nuit-là, tandis que Fiona se réfugiait dans le sommeil en ne bougeant pas d'un millimètre durant dix heures, avec une certaine délectation mes dents claquèrent d'horreur.

Dans un sursaut de lucidité, j'avais compris vers minuit que tant que je vivrais, je ne pourrais jamais plus, non vraiment jamais plus, manger de crabe-mayonnaise. Cette certitude absolue m'avait flingué le moral au plus haut point. Quel renoncement.

Au matin, on frappa à la porte. J'avais alors jugé que la Police venait nous sauter dessus. Grand moment : on nous lirait nos droits comme dans toutes les séries américaines à la télé. Et ça ne ferait que commencer. Interrogatoires, batailles judiciaires, expertises psychiatriques, publicité dans les journaux et tout le tremblement. Le rêve. Mais non. C'était juste Jessie-Jodie du motel de la poissonnaille malodorante avec un plateau chargé d'un petit-déjeuner made in América. Le nerf de la guerre ! Elle a proclamé en posant son offrande avec énergie devant Fiona. Non a répondu sobrement Fiona. On ne dit pas *le nerf de la guerre* pour désigner des œufs au bacon et du pain grillé. Même s'il est admirablement grillé ton pain, Jodie. Le nerf de la guerre, c'est à propos de l'argent. Pas de la nourriture. Notre Jessie d'occasion avait embrayé, sûre d'elle-même : Ecoute ma belle, tu pourrais claquer d'inanition devant une montagne de dollars plus haute que les défuntes Twin Towers. Seuls mes œufs au paprika et mon légendaire pain grillé pourraient te sauver la vie. TE SAUVER je te dis ! Alors tu vois Fiona, le vrai nerf de la guerre, y'a pas à discuter, c'est ce que tu avales au petit-déjeuner, ok ? Fiona avait fait semblant d'être convaincue, pas envie de discuter trois heures pour rien. Mais je l'avais devinée ultra contrariée. Jessie-Jodie avait alors signalé : au fait, c'est ton beau-père, ce démon, ce serpent, ce malfaisant. Dis donc des pêcheurs l'ont retrouvé.

Mort carbonisé sur une plage de cailloux, au bas d'une falaise. Avec gourmandise, Fiona avait repris du pain grillé et une tonne de marmelade au citron. Jessie-Jodie ne s'était pas arrêtée en si bon chemin : la police est persuadée qu'il s'agit d'un meurtre. On a poussé le vieux avec une voiture de location en bas de la falaise de Cap Elisabeth. Et ce n'est pas un attentat terroriste contre les intérêts américains ce coup-ci. Le chauffeur de l'auto de location, c'est un français. Un touriste activement recherché. Et la voilà qui me jette un coup d'œil furtif en chuchotant (dans un anglais speed pour que je n'y comprenne rien) en direction de son interlocutrice : écoute, cet individu est salement dangereux d'après ce qu'ils disent à la télé locale. C'est un tueur, en France il n'est pas clean non plus qu'ils disent (mais pas de bol pour cette nauséabonde Jessie, j'avais très bien compris ce qu'elle ne voulait pas que je comprenne, mon anglais s'avérant utilement assez *fluently*). Des sueurs froides avaient glacées mon dos. J'étais un tueur ? Et alors ? Peut-être que oui, peut-être que non qui sait vraiment qui il est ? Avec la même intonation de voix qu'elle aurait choisie pour expliquer une décision à un enfant de cinq ans, Fiona avait dit avec froideur : je sais ce que je fais et où je vais. J'ai toujours su ce que je faisais, toute ma vie j'ai su. Ne t'en mêle pas, miss.

Merci Ô Fiona.

Avec tes paroles de feu, j'ai compris que tu m'aimais oui que tu m'aimais autant que je t'aimais.

Mais Jessie-Jodie insistait, me surveillait d'un air navré. C'est fou ce que les gens qui croient vouloir du bien à leurs amis peuvent être ennuyeux. La suite, comme on peut s'y attendre, s'était déroulée en deux ou trois minutes pas plus. J'avais frappé la stupide Jessie avec la cafetière bouillante, la brûlant au passage, elle avait meuglé de douleur, les yeux démultipliés d'effroi devant la mort venue la chercher par surprise, puis je l'avais tuée avec une fourchette destinée aux œufs au bacon. Dans la gorge, dix fois remettre l'ouvrage sur le métier. Sifflement d'air comme une musique rigolote de dessin animé. *Ne t'en mêle pas, miss.* Pardonne-moi Stephen mais ta Jessie était devenue odieuse, j'avais fait à haute voix. Buvant son jus d'orage vampirique (car une pluie de gouttes de sang s'y était projetée),

Fiona avait fini par dire d'un air enjoué que la police n'était pas un problème. C'était bien connu : ils n'étaient pas très futés dans le coin. No problemo. En revanche, d'après elle, on ne pourrait pas empêcher Steve de nous retrouver. Ce fou furieux allait nous faire la peau à cause de son père (car pour Jessie, il n'en avait rien à battre). Un vrai chien de chasse, il trouverait la piste tôt ou tard, plutôt tôt. Il devait déjà être après nos trousses ce coyote, roulant à tombeau ouvert vers ce motel où Fiona, c'était joué d'avance, se serait ruée pour retrouver sa copine idiote, Jessie la fourchette. OK. Grave situation à gérer avec intelligence donc la tête froide. Oui la tête très très froide. Imperturbabilité.

Clairement cette chambre bariolée du sang frais et incroyablement écarlate de l'autre folle était vraiment le dernier endroit sur terre où nous serions en sécurité. On devait se tirer de là sans attendre.

Tandis qu'on rassemblait nos maigres affaires pour quitter cette chambre où il ne s'était rien passé entre nous hélas, grignotant comme on pouvait le reste de pain grillé car il était rudement bon, Fiona m'avait raconté la triste histoire de sa vie. Pas de beau gars sur son beau cheval blanc à l'horizon. Rien que des pauvres cloches. Des types méchants, sans le sou et passant d'un plan crapuleux à un autre. Volant de grosses voitures noires, des européennes si possible, pour avoir l'impression d'exister en les conduisant.

Ses aventures amoureuses à Fiona : un catalogue de la médiocrité humaine. Tout comme la vie de Jessie-Jodie ou Jodie-Jessie ou Jessie-Jessie dont le passage sur cette planète se serait résumé à savoir admirablement griller le pain de la veille. Cependant, la rencontre de Fiona avec un jeune homme accommodant, de bonne famille et étudiant le droit aurait pu lui ouvrir un avenir plaisant. Elle aurait pu connaître les vacances à Cap Cod de la bourgeoisie contente d'elle-même, les escapades amoureuses à New-York et à Cuba, l'argent placé au bon endroit à 8,8%, les restaurants privés. Elle aurait eu une voiture allemande, aurait voté républicain comme la bienséance l'exigeait et, dans la cuisine de son vaste appartement du centre-ville, l'un de ces éléphantesques réfrigérateurs fabricant des glaçons multicolores et des gaz à effet de serre aurait pu trôner. Elle aurait fait du yoga, serait allée à des lectures sur invitation données par le dernier psychologue spiritualiste à la mode ou par une actrice voulant sensibiliser à la situation des vieilles personnes des plaines du Lawimbassi sur la rive sud du lac Adokpamé en Afrique de l'ouest. Fiona aurait connu par cœur la filmographie de je ne sais plus qui, un sud-coréen en tout cas. Courir les boutiques avant les fêtes aurait été é-pui-sant (ouf le bon pull cachemire – celui authentique, aux fibres blanchies au moyen d'une ancestrale préparation de farine de riz – aurait enfin été acheté dans sa teinte *rose céleste,* c'est un monde, si difficile à trouver). Un avant-goût du paradis. Le *New-York Times* aurait un jour fait état de l'élevage intensif de chèvres dans plusieurs provinces chinoises, élevage dû à l'augmentation de la consommation, principalement occidentale, de laine cachemire, cette invasion caprine étant la cause principale de la désertification de la Mongolie Intérieure. Ce qui entraînait une forte augmentation des vents de poussière se répandant à l'est, particulièrement sur la région de Pékin, laquelle depuis plusieurs années voyait dépérir sa flore et se développer une épidémie de pathologies respiratoires. Mais Fiona n'aurait pas eu le temps de lire le journal. Rien à foutre. Elle n'aurait rien lu d'ailleurs. Malheureusement, la route du couple, en début d'idylle, avait croisée celle de Steve, un ex-marine à moitié fou après son retour de la seconde ou troisième ou quatrième guerre du Golfe. On expliquait qu'il avait été flytoxé par erreur par ses camarades avec des substances toxiques. Depuis, il continuait de se gazer personnellement. Et pas avec des produits militaires autorisés si vous voyez ce que je veux dire. Le Steve, un bon gars mais fou.

Bref, Steve, tombé raide amoureux de Fiona, avait salement démoli à deux reprises le gentil futur juriste du Nasdaq et ce dernier, à l'issue d'un stage d'un bon mois dans une clinique privée pour discuter longuement avec une équipe de prothésistes dentaires, avait pris le maquis. Du coup, Fiona avait épousé Steve. Problèmes insurmontables d'argent, un beau-père et un mari violents. Sa nouvelle famille l'avait contrainte à quitter son emploi de femme de chambre au motel. Et on lui interdisait de revoir sa Jessie-Jodie, réputée féministe radicale depuis qu'elle avait osé – crime des crimes – divorcer de son alcoolique de Ramon, un coléreux hors classe, policier adjoint à la municipalité. Depuis lors - et d'après moi sans doute à titre préventif -, Fiona avait été battue occasionnellement et moins bien traitée que le dernier des derniers des chiens d'attaque du quartier. Stephen King n'avait rien pu faire. Mais maintenant, j'étais là. Le Sauveur (avec un S majuscule) c'était moi et j'avais attendu ce rôle toute ma vie. Je comptais bien recevoir un oscar.

En quittant le motel de la friture polluante où reposait dans ses propres déjections, produites par la terreur, une Jessie enfin silencieuse et décorativement munie d'une fourchette plantée profond dans l'œil droit (pour finir le travail avec une note stephen-kingienne), je pensais pouvoir encore essayer d'enrayer la mécanique destructrice qui menaçait de me broyer. Je devinais que j'allais chuter de bien plus haut que de la falaise du Cap Elisabeth. Objectivement, j'avais deux options : A) Me livrer à la première voiture de police sur laquelle je tomberais. B) Accompagner Fiona dans une station-service désaffectée, perdue dans l'arrière-pays et où elle comptait trouver refuge quelques jours, le temps d'établir un astucieux plan d'exfiltration. Pas photo : j'avais décidé de suivre Fiona. On avait récupéré une voiture nippone (j'étais content comme tout car je n'avais jamais conduit ce modèle, la Nissan Sunny à la légendaire faible consommation, 日産自動車株式会社 je me serais exclamé en japonais si j'en avais été capable, 日産自動車株式会社 voulant dire tout simplement : Nissan !). Comme son propriétaire sortait de chez lui très mécontent de me voir poser la main sur sa sacro-sainte propriété (je trouve consternant que les hommes restent conditionnés par une éducation instaurant cet assujettissement masculin à une virilité synonyme de puissance, la voiture étant un territoire sur lequel il ne faut pas empiéter. C'est pitoyable, non ?), j'avais dû étendre mon agresseur sur le gazon (au moins, il était mort sur le coup, en heurtant – bien fait pour lui, qu'à pas s'en mêler – un nain de jardin en ciment aux couleurs paf et faisant un signe amical aux visiteurs). Le défunt pouvait me remercier à genoux, il éviterait sous peu de traîner quelques années avec un incontournable cancer de la prostate, une mutilante insuffisance cardiaque ou un interminable début d'Alzheimer lui occasionnant une dénutrition préoccupante et des infections cutanées pas géniales à partager en public, à moins de travailler pour le cirque Barnum. La mort est vraiment une <u>délivrance</u>, il faut le savoir. C'est une grande loi immémoriale.

Nous sommes partis en direction de Paris, une localité paumée sur la route du nord. Paris ? J'ai fait, on dirait que je rentre chez moi ! Fiona avait souri en précisant que dans le coin, il existait aussi Mexico, Berlin, Naples, Belgrade, Milan et Bethléem ☺. Paris, c'était là que Steve chassait souvent le daim avec son père et équarrissait son gibier pour le vendre au noir à des restoroutes ou à des grills de la région. Bonne idée : on allait sur les terres de Steve. Fiona avait choisi l'endroit le plus dangereux du monde. Sa théorie, c'était que cette brute démilitarisée de Steve ne nous chercherait pas là où il serait assuré que nous n'irions pas.

Astucieux ? En mettant la radio (où ça jouait toujours de la comédie musicale, un signe du destin. *Je me moque bien des nuages Si sombres là-haut Car le soleil brille dans mon cœur Et je suis enfin prêt pour l'amour*), j'avais objecté que Steve pourrait justement se dire que nous penserions qu'il partirait du principe que nous supposerions qu'il ne viendrait pas à Paris, le seul endroit dont il serait certain que nous nous refuserions à aller du fait que lui-même le fréquente assidument. Il pourrait ainsi en déduire que nous irions toutefois à Paris et il viendrait nous rejoindre pour une petite fête entre amis. Tu as peut-être raison, avait dit Fiona mais dans ce cas on a de quoi le recevoir. Et elle avait ouvert le sac en plastique *Walmart Stores : Save money/Live better* que Jessie-Miss Fourchette 2021 lui avait discrètement remis en la serrant dans ses bras, lors de l'arrivée au motel puant le poisson.

Il y avait là un joli pistolet automatique italien (un Beretta 90-two 9MM Parabellum 17 coups) et plusieurs chargeurs. Tout ça prenait une bonne tournure et je m'étais demandé comment cette sale histoire allait bien pouvoir se terminer ? Quelqu'un allait dérouiller : Steve, Fiona ou moi, inévitable. On avait décidé que ce serait Steve de préférence. Nous étions arrivés à Paris, bourgade nord-américaine typique, en fin de matinée. Sur Main Street, des employés municipaux testaient les chasse-neiges locaux en remuant d'énormes tas de sable. L'hiver serait bientôt là et il ne fallait pas rigoler avec les chutes de neige qui, comme chaque année, recouvriraient tout l'état d'un immense linceul très poétique mais ankylosant pour l'économie. Les gens liraient la bible avec une belle application.

Regarderaient des jeux télévisés à la tonne et se souviendraient peut-être d'Emily Dickinson et de sa vie de recluse dans sa bourgade de Nouvelle Angleterre, semblable à Paris, Maine.

Ce qui me chiffonnait avec Fiona, c'est qu'on ne parlait jamais de notre relation. Pas la moindre allusion ni le moindre geste que j'aurais pu décoder ensuite pendant des heures. Il est vrai que je n'étais pas très entreprenant. Je sentais qu'au fond, je ne lui plaisais pas vraiment. J'en avais déduis que Steve avait cassé quelque chose en elle. Je respectais son désir de solitude et ces multiples signaux qu'elle émettait vingt-quatre heures sur vingt-quatre pour me faire comprendre : pas de nouvelle histoire d'amour avant longtemps, du moins c'est ce que je déduisais de la distance qu'elle instaurait entre nous, ayant par exemple déclaré qu'elle n'était pas fan des bises pour un oui pour un non et, en particulier, au réveil. Même la petite cuillère dans le pot de marmelade, elle avait préféré que nous en ayons chacun une de cuillère, pas question de mettre dans sa bouche la petite cuillère sortant de la bouche de l'autre. C'est un signe ce comportement, non ? Pas trop le plan romantique : un dessert et deux cuillères. Je commençais à être abominablement amoureux d'elle et j'avais décidé d'attendre le temps qu'il faudrait. Patience + détermination = succès. Quand on y réfléchit, l'amour c'est surtout avoir énormément de patience, n'est-ce pas ? Et être pour ainsi dire déterminé à être déterminé.

Alors j'avais bon espoir. Car à vrai dire, la fourchette traînant dans l'œil de la nouvelle héroïne de Stephen King, c'était en fait celle de Fiona. Explication de texte : après que j'aie ouvert la gorge de cette petite idiote ne se décidant pas à mourir, très délicatement, ma belle *american girl* m'avait passé <u>son</u> ustensile lorsque j'avais recommencé - deuxième round - à cabosser ma victime avec la cafetière bouillante. Fiona avait pendant ce temps-là calmement terminé ses œufs au bacon avec <u>ma</u> propre fourchette (moi j'avais fini déjà mon plat). Elle avait nettoyé préalablement ma fourchette avec une serviette en papier, avant d'en faire bon usage. J'avais estimé que son geste - cet échange de couverts dicté par la nécessité mais tout de même consenti - était plutôt la preuve qu'elle ne me détestait pas. Et pourrait m'aimer un jour. Logique. Je suis très doué pour analyser la psychologie féminine, c'est un pur don chez moi.

La station-service en ruine achevait de se déglinguer sur une route secondaire. La végétation l'engloutirait vite. J'ai caché la vieille Nissan Sunny de l'autre imbécile dans le garage. Nous avons dîné aux chandelles. Romantique à mort. Parfois la vie vaut vraiment la peine d'être vécue. Ravitaillement dans un Walmart à la sortie de Portland. (Menu : soupe épicée de poisson, Chardonnay chilien, petits pains au sésame, rôti de porc cuit, bière artisanale locale au miel de sapin (pour goûter. Verdict : correct), yaourts vanille-goyave - pas trop aimé à vrai dire. Je voulais un poire-ananas mais il n'y en avait plus - café, Armagnac chinois. La grande vie.

Nous occupions l'ancien appartement du pompiste. Il avait fallu faire le ménage et bricoler deux lits de fortune avec des planches trouvées par là. On était cernés par des chouettes. Elles devaient se demander qui étaient ces intrus occupant leur territoire d'ordinaire si calme. Je leur parlais, les priant de nous excuser pour ce dérangement temporaire. L'homme actuel s'est bien trop détourné des merveilles du monde animal. Il faut renouer avec la nature, restaurer le dialogue ancestral avec la terre mère. Le premier soir, ronds comme des queues de pelle, nous avons regardé longuement les étoiles. Extase. J'aurais voulu épater cette femme en lui expliquant les constellations mais c'était difficile en anglais. En français aussi vu que je n'y connaissais que dalle. Mise à part la Grande ourse, la lune et à la rigueur la Petite ourse, je ne localisais rien là-haut. C'était juste un tas de cailloux brillants, mettons du mica, éparpillé au petit bonheur la chance sur l'asphalte cosmique par, disons, un coup de pied divin.

Mais dès que je le pourrais, je m'inscrirais dans un club d'astronomie, ça pouvait servir : le savoir est le pouvoir. Nous avons passé quelques journées monotones à surveiller la route depuis les fenêtres dès qu'un rarissime véhicule traçait dans la zone. Zéro Steve à l'horizon pour le moment. Dans un compartiment fermé à clé du comptoir en stratifié noir, moucheté d'insectes momifiés (j'ai fait sauter la serrure avec un surprenant piolet d'alpiniste trouvé dans la Nissan Sunny), j'avais dégoté un traité de sorcellerie. *Techniques de vol humain en ciel nocturne*, c'était son titre. Il avait été publié en 1960 à Montréal, au Québec, réactualisant d'après la préface un livre antique de l'Angleterre pré-Elisabéthaine (donc d'avant l'an 1558). Comme cette édition de 1960 était rédigée en français, je l'ai lue, n'ai pas tout compris mais ça m'a plu. Sorcellerie. Me suis laissé bercé par des phrases surprenantes, ténébreuses et intimidantes sur les pouvoirs oubliés de la magie curative appliquée aux brûlures, aux rages de dent, aux poumons embués, aux pannes sexuelles et aux chagrins sentimentaux. Des chapitres nébuleux mais poétiques évoquaient aussi la divination, la découverte des sources, les fameuses techniques de vol humain en ciel nocturne. Tout un art digne du Maine. J'ai pu également apprendre la langue *décryptée* des chouettes et autres oiseaux de nuit. Pouvait toujours servir. Les oiseaux sont des êtres bien supérieurs à l'homme : ils savent voler, eux. On l'oublie trop souvent. Ce grimoire moderne me le rappelait.

Il était écrit quelque part que le cardinal (un oiseau d'ici) *communiquaient naturellement avec les morts.* J'étais content d'avoir trouvé ce livre instructif. . Le Cardinal rouge est un oiseau chanteur de taille moyenne avec une huppe caractéristique sur la tête et un masque facial noir chez le mâle et gris chez la femelle. Voir et rêver de cardinaux revêt une signification spirituelle. Si vous voyez des cardinaux assez souvent ou si vous en rêvez, il se peut que quelqu'un essaie de vous contacter. Souvent, il s'agit d'un message envoyé depuis l'au-delà. Ces messagers pourraient essayer de vous faire prendre conscience de quelque chose.

À l'encre rouge, une main inconnue avait griffonné en première page : *Peu à peu l'ombre m'avait enveloppé, et son opacité en ces lieux était telle que j'avais l'impression d'être engagé dans la matière même des ténèbres jusqu'à faire corps avec elles* (Henri Bosco, *Le Mas Théotime,* 1945, p.107*)*.

Les gens ne veulent pas y croire mais après tout quelle importance qu'ils acceptent d'y croire ou non : à minuit pile, après avoir lu à haute voix et selon le rituel prescrit les incantations du livre, on a volé plusieurs heures dans le ciel nocturne, ma bien-aimée et moi. Sorcière et sorcier. Trop fort lorsqu'on s'est brusquement élevés d'un bon maître puis d'un autre et d'un autre encore. Inracontable. Cette apesanteur et nous voilà qui battions des ailes naïvement pour imiter les oiseaux (peine perdue, c'était tout notre corps qui était *pris de vol* comme il est dit dans le livre). Bientôt des dix, quinze mètres de haut, il fallait voir ça. Considérable magie. On riait comme des enfants en vacances. Nous, au-dessus des grands érables, au loin et en contrebas les lampadaires d'un carrefour désertique, la route vide et on a survolé le parking endormi d'un dépôt de bus scolaires (oui les bus jaunes comme dans les films !). On hurlait, on éclatait de rire, c'était beau ce spectacle terrestre et céleste, on avait peur, le vertige, circuler dans la hauteur. On a volé au-dessus du centre commercial vraiment main dans la main. Le vent te siffle sa romance dans les oreilles. Tu voles. Aucune idée de combien de temps au juste ce sortilège a bien pu durer, deux trois heures minimum. C'était si inédit c'était ineffaçable c'était illustre c'était énormément ultime. Les frondaisons ombreuses, les étoiles complices, le toit des maisons et même des gens aperçus derrière leurs fenêtres éclairées. Suprême voyage. Puis perdre de l'altitude, comme une pile usée : l'incantation déchargée. J'avais pas emporté le livre alors impossible de réactiver le vol. Cette descente par palier. Je. M'en. Souviendrai. Jusqu'à. Mon. Dernier jour. Atterrissage barbare sur la pelouse chez des gens. J'ai cassé un fauteuil en plastique, direct éclatement du plastique, me suis lynché un genou mais rien de grave car j'étais protégé de toute évidence tellement c'était de la pure sorcellerie. Après il a fallu rentrer à pieds, six kilomètres, mettons sept peut-être. À vol d'oiseau, la station-service était méchamment plus près.

Nuit.

Si unique.

Au retour, on était comme ivres. Pas possible de fermer l'œil. Tant c'était trop. Avoir vécu cette toute-puissante expérience nous bousculait ferme.

Du coup, Fiona et moi (c'est venu comme ça) on a composé un poème. L'un proclamait un mot, une phrase et l'autre chantait naturellement la suite. Magique. Et en même temps c'était une danse d'amour, nous nous touchions l'âme comme des divinités capables de tout sur cette terre humaine.

Le poème, ça faisait comme ça :

Survol
Nuiteux
De
La campagne
Taiseuse
Du
Maine
M/A/I/N/E
Etats unis d'Amérique

La
Supérette
Un peu
Eclairée
Par les lampadaires ascétiques
Du parking
Désert
Et surprise

Quelqu'un
A oublié
Une
Trottinette électrique
Rouge brillante comme nos sangs unifiés
Là-bas
Vers les
Pompes à essence
Pauvre
Trottinette électrique
Rouge brillante comme nos sangs fusionnés
Abandonnée
Aux démons de la nuit sauvage
Du
Maine
M/A/I/N/E
Etats unis d'Amérique

Tu n'en crois
PAS PAS PAS
Tes yeux ni ton cerveau
Te voilà
Adepte et diplômé
Des
Techniques
De vol
Humain
En ciel nocturne

Toi, oiseau

Le village au-dessous
De mobil-homes et camping-cars
Avec aussi des
Yourtes bricolées
Et abris de jardins
Pleins de gens qui vivent dedans

Tous ces
Dormeurs
Dociles
Et – invraisemblablement -
Défenseurs farouches
Des privilèges des autres, les RR richissimes riches.

Quel beau poème. Nous étions des génies. Un après-midi, nous sommes allés nous baigner dans un petit lac voisin, dérangeant des dizaines de grenouilles et un superbe pygargue à tête blanche, véritable seigneur du lieu. Ce fût l'un des meilleurs moments de ma vie. On s'est embrassés deux fois. C'était aussi bon que de manger des cerises sur l'arbre. Je n'oublierai jamais ces heures vécues proches des arbres invulnérables, barbotant comme deux enfants insouciants dans cette eau vert menthe, remerciant le ciel paisible de nous offrir une telle harmonie des choses et des êtres. Au final, nous sommes restés cloîtrés une bonne semaine entre ces quatre pompes à essence rouillées, les bacs à fleurs vides en ciment fissuré et ces murs anéantis où demeuraient encore quelques posters de femmes nues posant devant des camions gigantesques.

Fiona organisait notre fuite. Elle téléphonait ici et là, on lui communiquait un numéro de téléphone supplémentaire, elle joignait son nouveau correspondant, elle attendait une réponse puis retéléphonait plus loin. Les choses se programmaient correctement. D'abord le Canada voisin. Facile, à deux pas. Qu'à franchir la frontière. Ensuite un cargo frigorifique appartenant à une poissonnerie industrielle néerlandaise pour rallier le Mexique (en espérant n'avoir aucune visite des gardes-côtes dans les eaux américaines) puis la ville mexicaine de Mazatlán et enfin plusieurs options à négocier sur place pour mettre les voiles : l'Argentine, le Brésil amazonien ou carrément l'Angola. Il faudrait voir. Peser le pour et le contre.

Où as-tu eu ces contacts, ceux du téléphone ? J'ai demandé. Elle a dit que Steve et elle avait un peu amélioré leurs fins de mois en rendant occasionnellement des services à des filières de voyages organisés, spécial clandestins, entre les Etats-Unis et le Canada. Et que, à moment donné, leurs interlocuteurs avaient expliqué comme ça que c'était terminé avec Steve, pas assez sérieux (il avait estropié une petite esclave philippine, gâchant la marchandise) mais ok avec Fiona pour continuer à condition qu'elle n'en parle pas à son mari. Elle avait accepté, laissé son époux en dehors du circuit, gagné pas mal d'argent sans trop savoir comment le dépenser et gardé au chaud ses contacts, forts utiles aujourd'hui. On s'est rendu alors au Mexique.

À Mazatlán, tout s'est bien passé, même qu'on a eu envie de rester. La ville est splendidement ensoleillée, on y mange bien (l'Agua chile, un ensorcelant mélange de crevettes avec du concombre, du citron, du piment en poudre et de l'oignon mauve ainsi que - pour le dessert - les généreuses galettes de riz au lait agrémentée d'une petite gelée de pitaya – à base de cactus - ont retenu notre attention. Goutez, vous nous en direz des nouvelles). De plus, le Pacifique présente une douceur de velours pour la baignade, les chambres chez l'habitant ne coûtent rien, la musique enchante chaque coin de rue et on peut tuer quelqu'un sans que ce soit automatiquement un drame a déclaré Fiona. Charmant endroit. Mais il faut être réaliste, ce n'est pas assez loin du Maine et de nos exploits. Du coup, on hésite entre l'Argentine et l'Angola. On décidera demain. La nuit porte conseil bien sûr. Et pourquoi pas la Colombie en fait ? (le côté milieu urbain, monde de la nuit. Bogota, Cartagena et Cali sont des cités modernes et pleines d'opportunités) mais ma belle vote plutôt pour l'Angola (l'Afrique : un bon bol d'air à la campagne, un stage long de développement personnel visant à révéler ses propres potentialités et à créer une vie inspirante en développant sa puissance créatrice, d'après elle). Le mieux serait de tirer à pile ou face ? Quelle importance au final ? Heureux qui comme Ulysse.

On verra.

Pour l'argent (car je parie que vous vous posez la question), on se débrouille. Nous disposons de mes économies, de la cagnotte de Fiona et on a eu la riche idée de ratisser (grâce à la signature imitée de Steve) le compte assez fourni du vieux cramé de la falaise avant de quitter Portland à la vitesse de la lumière. A chaque jour suffit sa peine. On travaillera ici ou là, je livrerai des pizzas en scooter s'il le faut, on gardera des enfants, on deviendra personne de compagnie pour un couple de vieux riches ce sera le bon plan. Si cela ne suffit pas, on inventera carrément un Wikipedia libre (sans tous ces modérateurs qui fliquent le moindre texte), on fera comme Robin des Bois en stoppant des automobiles de luxe dans les zones isolées : on dépouillera les riches pour donner aux pauvres (et les pauvres ça tombe bien : c'est nous deux). Les idées pour s'en sortir ne manquent pas. Ruse et sagacité. Tout ira bien. Ce monde est fait pour nous, il appartient aux audacieux, c'est une pure certitude.

Sorcier

    Suis

        Devenu

            Par

                Amour

D'une

Belle

Sorcière

Du MAINE

PS : j'ai lu avec recueillement et dévotion sur Wikipedia :

La sorcellerie désigne, à proprement parler, l'art d'interroger le sort (hasard, destin), et par extension d'en modifier le cours. Le mot désigne plus généralement la pratique d'une certaine forme de magie, dans laquelle le sorcier travaille avec des forces surnaturelles, des entités maléfiques ou non, et parfois aussi des forces naturelles connues comme celles des plantes, des cycles lunaires, des ondes, des suggestions. Selon les lieux et les époques, la sorcellerie fut considérée avec des degrés variables de faveur ou d'hostilité, parfois avec ambivalence. Dans la Grèce antique et à Rome, la divination était une pratique admise, liée à certains sanctuaires et à la prise officielle de décisions pour les particuliers et les institutions (même l'état). En revanche et depuis des siècles, les religions du livre condamnent formellement toute forme de divination et par là même de magie.

Fiona dit en riant que je suis son nouveau Steve. Si elle veut. Peu importe. Je ne suis pas susceptible pour deux sous. Tout me va dès l'instant que je reste à ses côtés. Je pourrais même être son chien. Un chien qui vole la nuit et qui parle, ce serait amusant. Comme dans un roman de Stephen King. J'ai désormais la preuve scientifique que le Maine est une authentique, sincère et alarmante terre sorcière. Wouf ! Wouf ! en langue des chiens, ça pourrait vouloir dire : *Je me promène dans les rues En fredonnant un gai refrain Car je chante Je chante simplement sous la pluie Je chante sous la pluie.*

(D'après le témoignage recueilli auprès de Fiona Burke - Bangor, Maine, 2004, *Techniques de vol humain en ciel nocturne,* 2005. Nouvelle publiée en première version abrégée sous le titre *Portland,* in *Ainsi sont-elles,* collectif, Souffle court, 2005 ; sous le titre *Techniques de vol humain en ciel nocturne* in *Magie rouge,* collectif, Le Lapin à Métaux/Actes Rudes, 2010 (prix européen Carlota Moonchou 2012 des littératures de l'imaginaire) ; et sous le titre *L'opacité des piscines* in *Boxer dans le vide,* Souffle court, 2017)

Avec le soutien de Rose Evans, Olivier Millet (*Hispaniola Littératures*) / Ludmilla de Monfreid et Zoé Agbodrafo (*Totemik CrowFox*) / Merci à la Fondation Carlota Moonchou / **Techniques de vol humain en ciel nocturne** / Éditrice : Rose Evans / Photographies de couverture : Francesca Grima (Unsplash, recto) et Adrian Pelletier (Unsplash, verso) / Mise en pages : L. de Monfreid / Dépôt légal mai 2021 / ISBN 9782322250325 / Imprimé en Allemagne / www bod.fr / www. aubert2molay.vpweb.fr / © Ph.A2M, 2021 © Hispaniola Littératures, 2021.

du même auteur chez Hispaniola Littératures, disponible en librairie et sur le site BoD

Collection L'Inimaginée
(Littérature de l'imaginaire)
-PETIT TRAITE DE SORCELLERIE ET D'ECOLOGIE RADICALE DE COMBAT
-DOULEUR FANTÔME

Collection L'imaginable
(Littérature blanche)
-SAPIN PRESIDENT

Collection 1 nouvelle
-TOUTE PETITE FILLE DES DRAGONS
-SUPERETTE
-LA HAUTEUR
-LA MORT DE GREG NEWMAN
-DIX ANS AVANT LA NUIT
-SELON LA LEGENDE
-S'ENFERMER DANS UNE CABANE ET ECRIRE
-EN MARCHE
-LECON DE TENEBRES
-L'HIVER 1877 DE MISS EMILY DICKINSON
- LA ROUSSEUR DU RENARD

www.aubert2molay.vpweb.fr

Collection 1 nouvelle